laine feutrée

Sonia Lucano

laine feutrée

Photographies de Frédéric Lucano

Marabout d'ficelle

Définitions…

La toison du mouton juste lavée, teinte et étirée forme de longues fibres parallèles amalgamées. C'est la **laine cardée**, que l'on utilise pour le feutrage au savon ou à l'aiguilletage.

Les fibres de laine non filées sont recouvertes d'écailles qui s'enchevêtrent lorsqu'on les mouille avec de l'eau très chaude et qu'on les frotte ou bien quand on les entremêle par piquetage. Elles forment alors un tissu dense et solide : le **feutre**.

1
2
3
4
5
6
7
8

La laine feutrée par mouillage *

Si vous aimez les expériences et la « bidouille », alors cette technique, qui s'utilise surtout pour réaliser de grandes pièces plates et des boules, est faite pour vous. Elle a toutefois un inconvénient : elle nécessite une place assez importante pour travailler.

Le matériel

Présentée sous forme de mèches et vendue au poids, la laine cardée (1) est le matériau de base de la technique de la laine feutrée. Vous la trouvez dans le commerce, avec de belles gammes de couleurs.

Pour mouiller le travail, vous aurez besoin d'un récipient (2) pour mettre de l'eau chaude. Si vous travaillez sur le plan de travail de la cuisine, vous pouvez utiliser directement l'évier.

Une éponge (3) vous sera nécessaire pour mouiller la laine.

Vous aurez aussi besoin de savon de Marseille (4). Utilisez un savon dont l'odeur vous plaît, car elle reste sur le feutre une fois qu'il est sec.

Pour feutrer la laine, vous enroulerez le travail dans une natte (5) du type store de bambou de 60 x 170 cm, et vous roulerez la natte. C'est le frottement lors du roulage qui fait feutrer la laine.

Afin d'absorber le surplus d'eau, vous placerez sous la natte une serviette-éponge (6).

Il faut aussi poser un morceau de tulle (7) sur les mèches de laine que vous avez préparées. Il évite ainsi au travail de bouger lors du mouillage et du savonnage.

Pour finir, préparez un chablon (8) : coupez un morceau de tissu qui servira à créer un vide entre deux couches de laine, ou à empêcher les fibres de se mélanger à un endroit précis.

* Ce logo représente la technique de la laine feutrée par mouillage. Vous le retrouverez en haut de chaque projet réalisé avec cette technique.

1
2
3
4

La technique

Étalez une serviette-éponge sur une surface plane pour la mise en place de votre travail, et posez par-dessus une natte dépliée.

Étalez la laine (1) sur la natte en commençant par le bas : arrachez des mèches de laine de 15 cm, que vous allez aplatir entre vos mains, puis posez-les en ligne en les faisant empiéter largement les unes sur les autres, un peu comme des tuiles. Réalisez la ligne suivante selon le même procédé, et en empiétant sur la première.
Faites ensuite une deuxième couche perpendiculairement à la première.
Les fibres de laine sont ainsi disposées dans plusieurs sens et seront plus à même de s'accrocher les unes aux autres. Si vous désirez un feutre bien épais, vous pouvez faire une troisième couche.
Prévoyez une surface environ 20 % plus grande que le travail que vous désirez au final, mais le feutrage est une technique aléatoire, et il est très difficile de prévoir des dimensions précises.

Pour terminer l'étape de préparation de la laine, posez le tulle sur votre « matelas » de mèches.

Préparez une bassine d'eau chaude à la température la plus haute possible dans laquelle vous pourrez plonger vos mains.

Trempez l'éponge dans l'eau pour commencer le mouillage (2). Pressez-la au-dessus du matelas de laine et appuyez doucement pour bien imbiber celui-ci, sans faire bouger les « tuiles ».

Passez ensuite à l'étape du savonnage (3) en frottant doucement le matelas de laine avec le savon par-dessus le tulle. Il faut qu'au final la laine soit bien savonnée et bien aplatie.

Enroulez la natte sur elle-même en prenant soin de ne pas trop serrer le travail, pour ne pas créer de plis sur le feutre, et procédez au feutrage (4). Avec les deux mains, exercez des mouvements de va-et-vient en faisant rouler la natte pendant une minute. Ouvrez, tournez le matelas de 90°, et recommencez à rouler la natte pendant une minute. Faites faire ainsi un tour complet à votre travail. Si vous désirez que votre travail soit très feutré, donc très dense et très solide, faites-lui faire deux tours complets.

Pour terminer, vous pouvez prendre le travail dans vos mains et le pétrir en rajoutant du savon. Vous allez ainsi arriver au seuil maximal de feutrage de la laine.

ASTUCE Vous pouvez rincer votre feutre et le faire sécher au sèche-linge. Il sera ainsi très dense, avec un petit aspect gaufré.

3
1
4
2

La laine feutrée à l'aiguille *

Pour faire des petites pièces plates ou en volume, ou des détails plus précis, la technique de la laine feutrée à l'aiguille, moins rapide que celle par mouillage et qui demande plus de méticulosité, est à privilégier.
Elle consiste à piqueter la laine de nombreuses fois, afin de mêler ses fibres et de la modeler.

Le matériel

- Comme pour le feutrage par mouillage, vous utiliserez de la laine cardée (1).
- Pour piqueter, vous aurez besoin d'aiguilles harpons (2), dans différentes tailles : grosses, moyennes, fines et ultrafines.
- L'outil indispensable est le manche en bois (3) pour une aiguille ou pour quatre aiguilles, ce qui permet de travailler plus vite pour de plus grandes surfaces.
- Un coussin de mousse (4) servira se support à votre travail à l'aiguille.

ASTUCE Vous pouvez, pour un même ouvrage, utiliser les deux techniques. Si une pièce de feutre réalisée par mouillage comporte des manques, vous pouvez les combler en ajoutant de la laine sèche et en piquetant dessus (en travaillant sur la pièce séchée). Vous pouvez aussi vouloir réajuster l'épaisseur de votre travail ou des bords qui ne seraient pas suffisamment droits.
Il est également possible de mélanger les deux techniques afin de recréer des détails ou des dessins sur une pièce de feutre réalisée par mouillage puis séchée.

* Ce logo représente la technique de la laine feutrée à l'aiguille. Vous le retrouverez en haut de chaque projet réalisé avec cette technique.

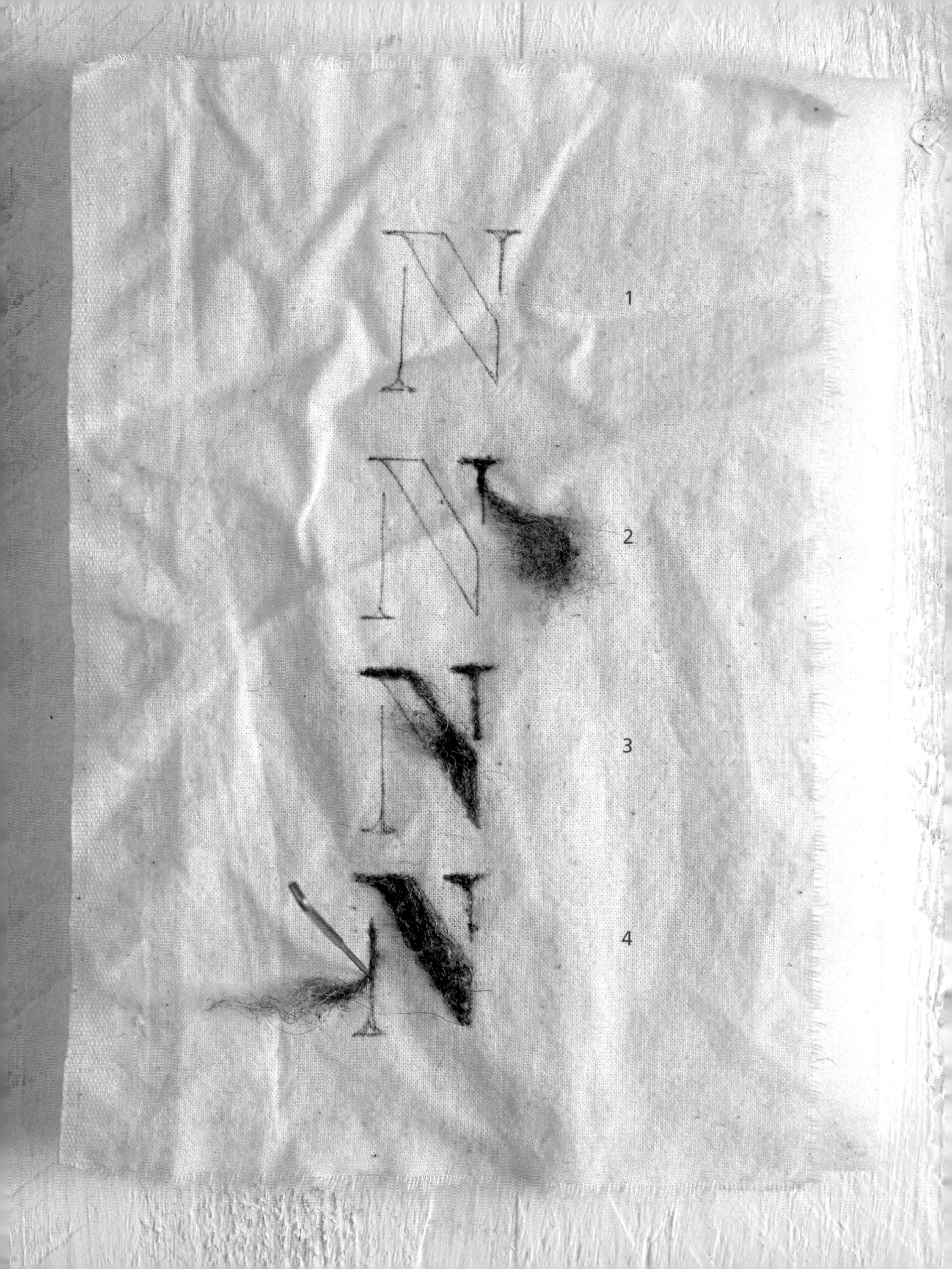
1
2
3
4

La technique du piquetage sur tissu

Dessinez votre texte (1) ou votre motif sur le tissu. Pour cela, vous pouvez acheter des pochoirs, les fabriquer vous-même ou encore décalquer des lettres et des dessins. Si vous manquez d'inspiration, nous vous fournissons dans ce livre un choix de lettres.

Prenez un peu de laine et torsadez-la entre vos doigts, puis posez-la sur le tissu, le long d'un contour, pour faire une ligne fine.

Commencez à piquer (2) doucement pour incorporer la laine au tissu, avec des aiguilles fines et ultrafines ; les autres risqueraient de trouer le tissu.

Pour les aplats, posez une petite épaisseur de laine à l'intérieur de votre motif, et piquetez de la même manière.

Remplissez ainsi votre motif (3 et 4), en pensant à décoller régulièrement votre travail du coussin de mousse.

1
2
3
4

La technique du piquetage des formes

Prélevez une petite quantité de laine (1), formez grossièrement la forme au doigt et posez-la sur le support de mousse.

Piquez la laine (2) par petits coups successifs, en commençant à la grosse aiguille pour dégrossir le travail. De manière générale, utilisez des aiguilles moyennes pour modeler les formes, et des fines pour les dernières finitions.

Ajoutez de la laine (3 et 4) au fur et à mesure pour créer le volume.
Il faut piqueter patiemment et longtemps pour que les fibres de laine accrochent bien entre elles.

Décollez régulièrement le travail du coussin de mousse, et pensez à retourner votre ouvrage et à le piqueter aussi sur l'envers.

ATTENTION Tenez vos aiguilles bien droites lorsque vous piquez, car elles sont fragiles, et se cassent très facilement (comptez deux ou trois aiguilles par ouvrage !).

* Ce logo représente la technique de la laine feutrée à l'aiguille. Vous le retrouverez en haut de chaque projet réalisé avec cette technique.

Le sautoir

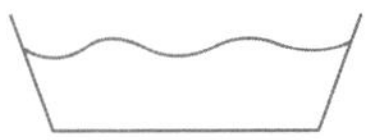

- Laine cardée bleu ciel, turquoise, anis, verte et violette
- Mouliné DMC anis
- Grosse aiguille
- 1 petit bouton de nacre

Commencez par fabriquer les perles. Prenez un peu de laine, et frottez-la bien entre vos mains pour former une boule compacte. Faites-la de la grosseur que vous désirez, car le feutrage ne réduira pas sa taille.

Plongez la boule de laine dans de l'eau chaude. Imbibez-la d'eau, serrez-la bien entre vos mains et sortez-la. Savonnez-la ensuite en la frottant fermement avec du savon au creux de vos mains et en la faisant rouler. Quand la laine commence à feutrer, la consistance de la boule change, elle devient plus dure. Replongez alors la boule dans de l'eau chaude, et savonnez-la à nouveau. Recommencez plusieurs fois, jusqu'à ce que vous ayez obtenu une boule bien dense.

Réalisez vingt-cinq perles de différentes couleurs, et mettez-les à sécher. Brodez-les ensuite à petits points avant avec 2 brins de Mouliné DMC anis (1).

Pour le montage du collier, enfilez les perles sur trois fils de Mouliné DMC anis de la longueur désirée, en passant bien par le centre et en laissant 5 mm d'écart entre elles. Au début et à la fin du collier, faites une tresse d'environ 15 cm de longueur.

Sur une de ces tresses, créez une boutonnière en divisant la tresse en deux à 3 cm de son extrémité. Sur l'autre, cousez un petit bouton de nacre (2).

1

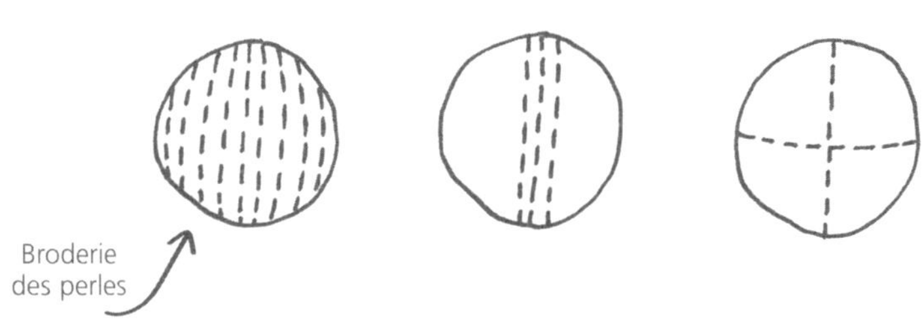

Le ras-du-cou

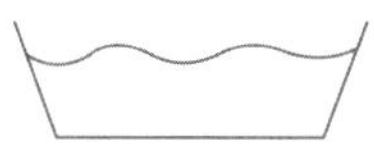

- Laine cardée turquoise
- 80 cm de cordon en coton turquoise
- Grosse aiguille
- 1 étoile pin's turquoise

Réalisez une perle de feutre en vous reportant aux explications du sautoir ci-contre.

Passez le cordon au centre de la perle, en forçant avec une grosse aiguille, et placez la perle au centre du cordon. Attachez l'étoile à la perle. Nouez le cordon.

2

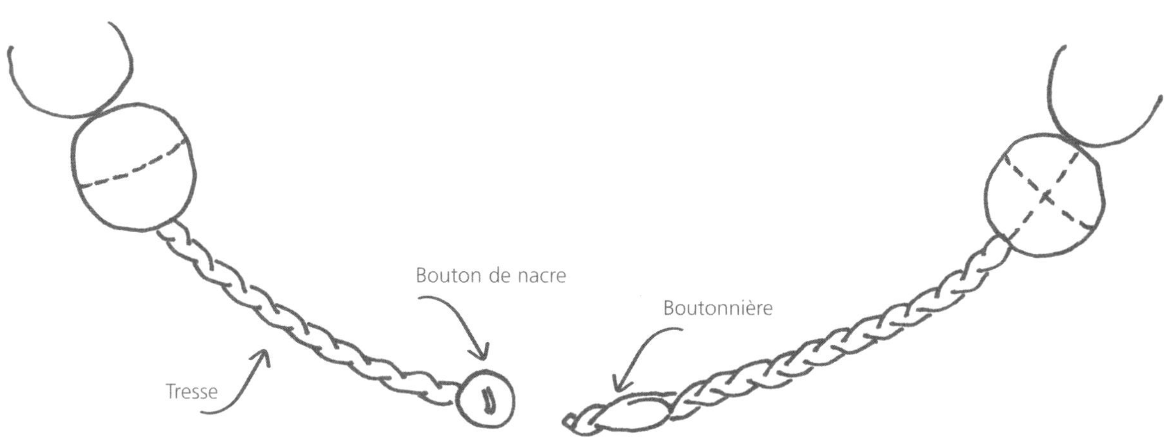

Le set de table

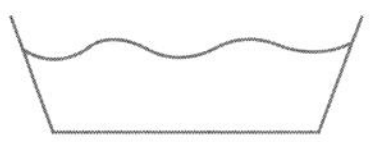

• Laine cardée turquoise et taupe

Faites un rectangle de feutre d'environ 30 x 20 cm, c'est-à-dire d'à peu près 35 x 25 cm au départ.

En suivant la technique du mouillage, disposez une première couche en superposant des petites tuiles turquoise. Faites une seconde couche perpendiculaire turquoise.

Prenez de la laine taupe, et aplatissez une bande très fine entre vos mains, d'environ 8 cm de large. Posez la rayure taupe sur la base turquoise en appuyant bien, dans le sens de la largeur.

Mouillez dans de l'eau chaude, savonnez, et feutrez la laine. Laissez sécher, puis recoupez aux ciseaux pour obtenir un rectangle parfait.

100 % COTON

100% COTON
38

Les tableaux

- Laine cardée beige, marron, écru
- Lin naturel (2 rectangles de 28 x 33 cm)
- Chute de ruban de tulle
- Coussin de mousse
- Aiguilles moyennes, fines et ultrafines

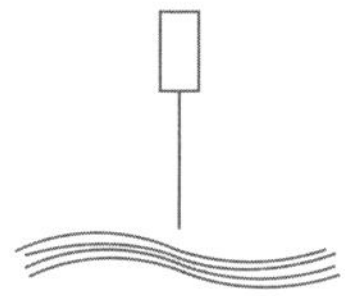

Tableau 1

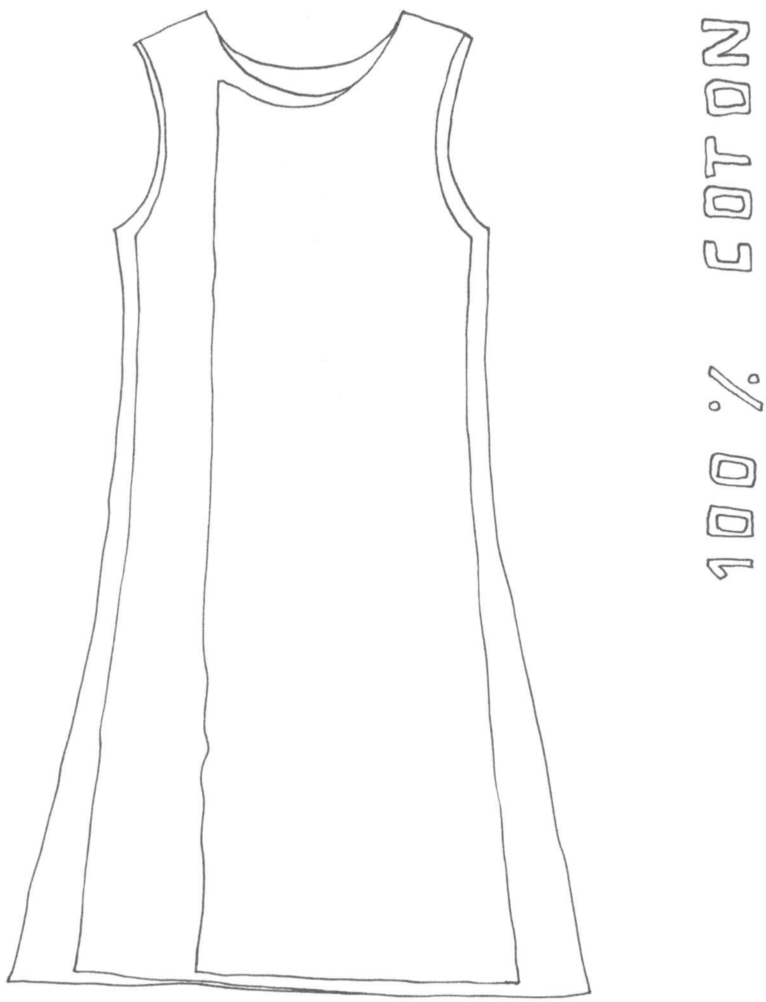

Agrandissez à 145 % les dessins et reportez-les sur les deux rectangles de lin.

Commencez par les contours. Roulez un peu de laine marron entre vos doigts et piquetez doucement avec une aiguille fine. Pour les lignes très fines des lettres, pensez à bien rouler une fine mèche de laine avant de piqueter.

Remplissez ensuite lentement les motifs avec une aiguille moyenne, en utilisant le dégradé des trois couleurs et en partant des contours intérieurs.

Pour la robe, insérez un morceau de ruban de tulle : faites une première couche de feutre, puis posez le tulle par-dessus. Ajoutez un peu de laine écru en l'étirant en une très fine couche, et piquetez avec une aiguille ultrafine.

Réalisez de la même manière le tableau 2.

Tableau 2

YOUR
HOUSE
IS
MINE

Le sac à bandoulière

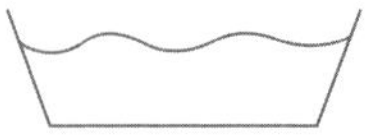

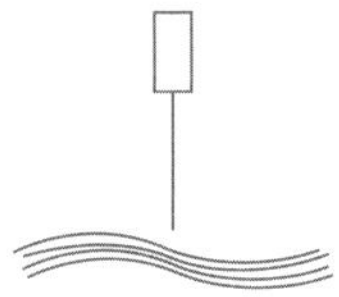

- Laine cardée marron et écrue
- Coton écru (1 rectangle de 70 x 120)
- Mouliné DMC écru
- Aiguilles moyennes

Faites un rectangle de feutre d'environ 54 x 20 cm, c'est-à-dire d'à peu près 65 x 25 cm au départ.

En suivant la technique du mouillage, réalisez une première couche en superposant des petites tuiles marron. Disposez une seconde couche perpendiculaire marron, en réalisant une croix écru sur la moitié du rectangle, qui correspond au devant du sac (1). Mouillez, savonnez et feutrez la laine. Laissez ensuite sécher, à plat à l'air libre, ou au sèche-linge si vous désirez densifier le feutre.

Pliez le feutre en deux, recoupez les bords au besoin pour former un rectangle et cousez les côtés à gros points, avec 3 brins de Mouliné DMC écru.

Cachez la couture en faisant une finition au piquetage. Posez l'ouvrage sur le coussin de mousse, prenez un peu de laine marron et piquetez les bords avec une aiguille moyenne, afin de camoufler la couture. Vous pouvez également piqueter certains endroits de votre feutre qui seraient un peu moins denses.

Coupez dans le coton un rectangle de 48 x 18 cm pour réaliser la doublure, et pliez-le en deux. Vérifiez qu'il est bien un peu plus petit que l'extérieur en feutre, sinon, recoupez-le.
Cousez les côtés, retournez le sac sur l'endroit et formez un petit rentré en haut. Glissez la doublure à l'intérieur du sac (2).

Pour faire la bandoulière, coupez une bande de tissu de 6,5 cm de large, à la lisière et sur toute la largeur du tissu, puis repliez la bande en deux et cousez-la tout du long.

Positionnez les deux extrémités de la bandoulière sur le haut du sac, entre le feutre et le coton, et maintenez-les avec deux épingles (3). Cousez maintenant à gros points la doublure au feutre, en fixant en même temps la bandoulière.

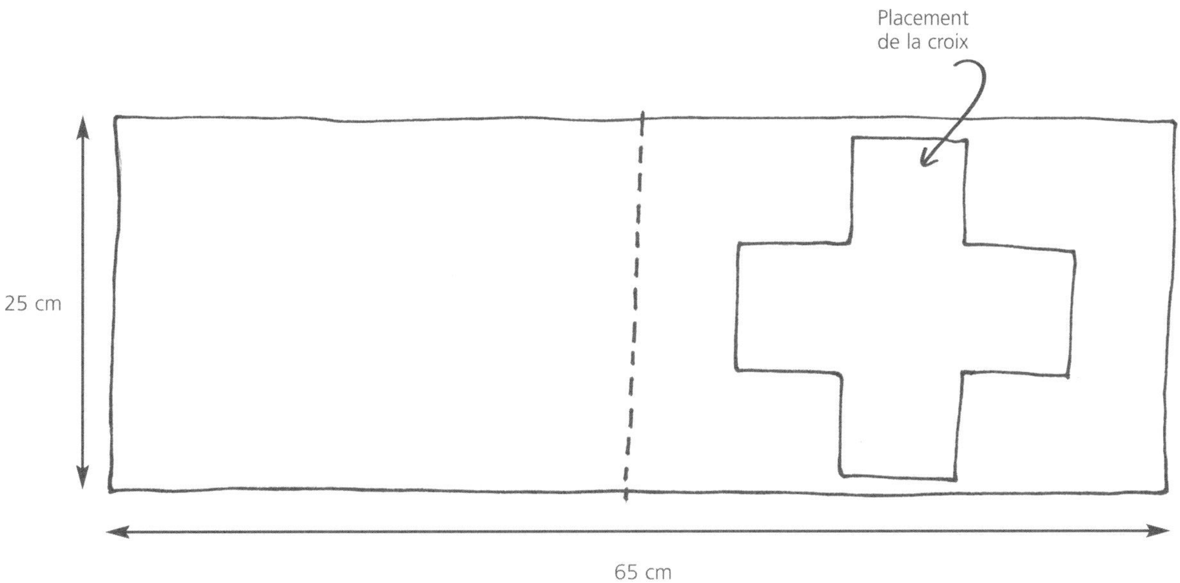

1

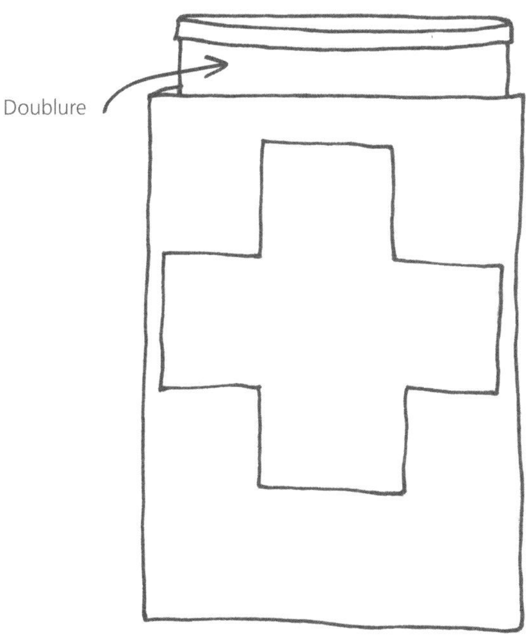

2

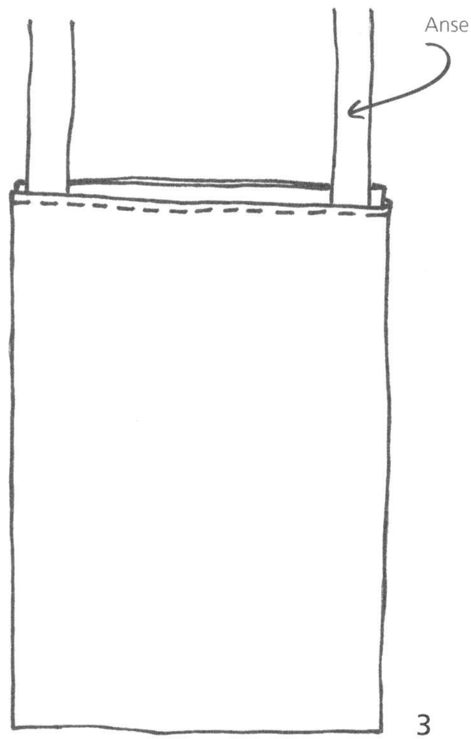

3

Your house is mine

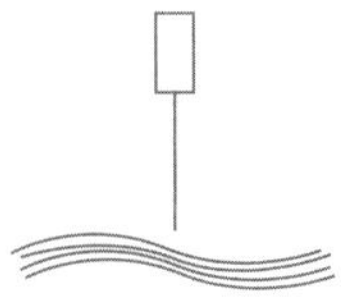

- Laine cardée marron
- Coton écru (1 rectangle de 35 x 26 cm)
- Châssis de toile (33 x 24 cm)
- Carton fin
- Coussin de mousse
- Aiguilles moyennes et fines
- Petits clous

Décalquez les lettres du dessin sur du carton fin et évidez-les au cutter pour en faire des pochoirs. Dessinez ensuite les mots à la craie sur le tissu et placez un coussin de mousse en dessous.

Commencez par les contours des lettres. Prenez un peu de laine marron et piquetez doucement avec une aiguille fine en roulant un peu la laine entre vos doigts. Pour les lignes très minces, roulez bien une fine mèche de laine, et piquetez très doucement pour la faire rentrer dans la trame du tissu.

Remplissez ensuite le corps des lettres en piquetant des mèches de laine avec une aiguille moyenne.

Lorsque le travail est terminé, centrez le tissu sur le châssis et clouez les côtés.

Le bandeau rose

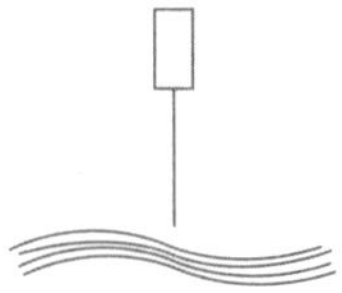

POUR LA FLEUR
- LAINE CARDÉE ROSE ET FUCHSIA
- COUSSIN DE MOUSSE
- AIGUILLES GROSSES, MOYENNES ET FINES

POUR LE BANDEAU
- 1 PELOTE DE LAINE ROSE, POUR AIGUILLES N° 5
- AIGUILLES À TRICOTER N° 5
  (OU UN BANDEAU TOUT FAIT)

Commencez par la fleur. Prenez un peu de laine rose et formez entre vos doigts un premier pétale, puis piquetez sur le coussin avec la plus grosse aiguille pour feutrer grossièrement la laine.
Ne travaillez pas trop la base du pétale, car c'est à cet endroit que vous relierez plus tard les pétales entre eux pour former le cœur de la fleur.

Lorsque le pétale est suffisamment travaillé et a de la tenue, vous pouvez lui apporter différentes nuances. Ajoutez du fuchsia sur un côté, travaillez bien et modelez la forme, en piquetant avec une aiguille moyenne, puis fine, pour donner un relief. Pliez ensuite le pétale en deux dans le sens de la longueur et piquetez un peu pour créer une arrête.

Réalisez ainsi quatre pétales. Pour les réunir, placez-les serrés en forme de bouton, et piquetez bien la base pour feutrer solidement.

Réalisez ensuite le bandeau. Montez 8 mailles, tricotez droit au point mousse sur 40 cm et arrêtez les mailles. Faites une couture pour fermer le bandeau.

Cousez maintenant la fleur sur le bandeau. Pour terminer, prenez de petits bouts de laine, et piquetez-les à la base de la fleur et au bord du bandeau, sur tout le tour, à l'aide de l'aiguille ultrafine.

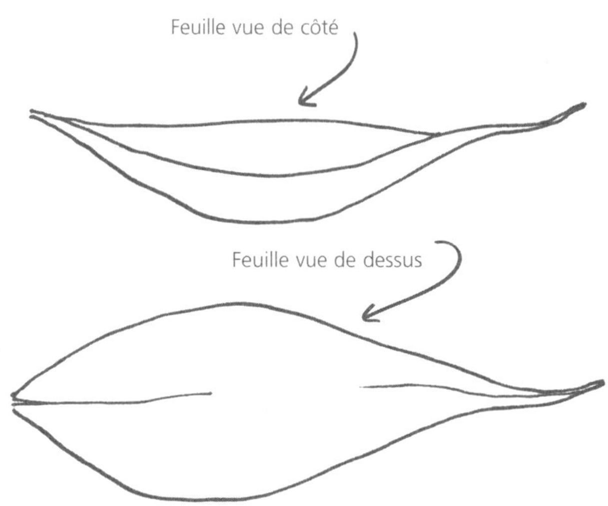

Le petit pot

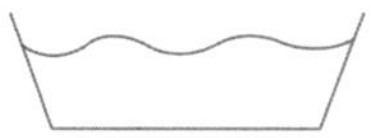

- Laine cardée marron et rose
- Mouliné DMC rose

Faites un rectangle de feutre (1) d'environ 40 x12 cm, c'est-à-dire d'à peu près 50 x 15 cm au départ.

En suivant la technique du mouillage, disposez une première couche en superposant des petites tuiles roses. Faites une seconde couche perpendiculaire rose, avec une ligne marron sur une longueur.

Mouillez, savonnez et feutrez la laine. Laissez ensuite sécher, à plat à l'air libre, ou au sèche-linge si vous désirez densifier le feutre.

Coupez dans le feutre quatre rectangles de 8 x 12 cm en suivant les pointillés du dessin, et un carré de 8 x 8 cm.

Assemblez les côtés entre eux au point de feston (2 et 3) avec 2 brins de Mouliné DMC rose, et terminez en fixant le fond carré, toujours au point de feston.

1

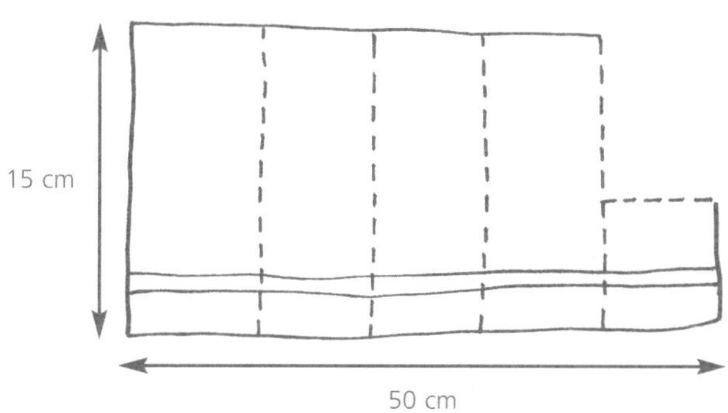

2

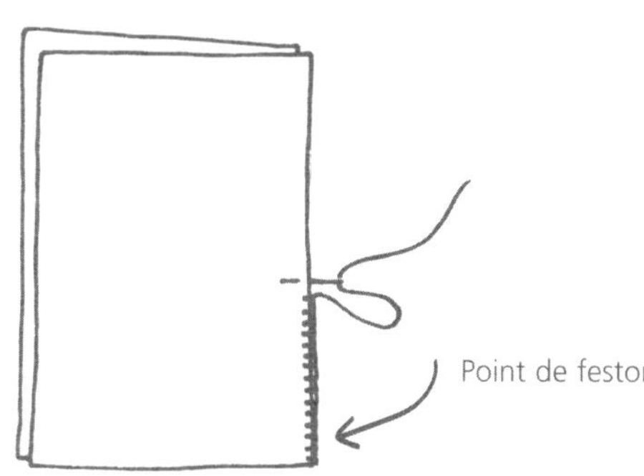

3

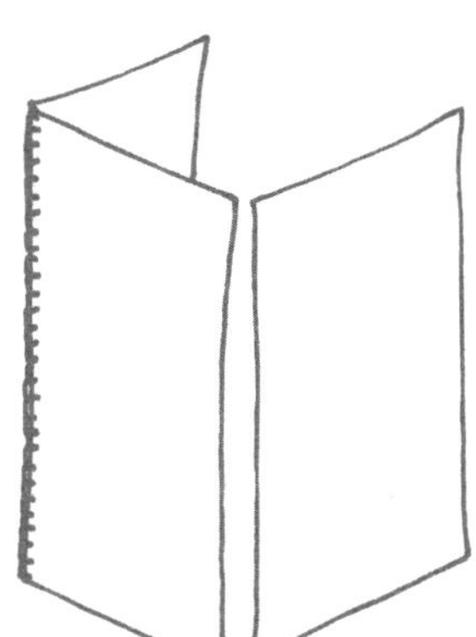

Le bracelet ruban

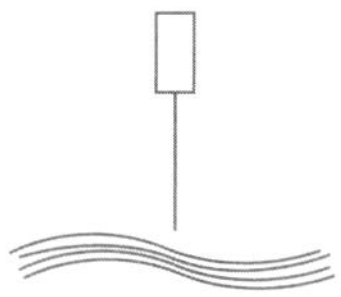

- Laine cardée rose
- Mouliné DMC marron
- 70 cm de ruban de coton marron en 1 cm de large
- Coussin de mousse
- Aiguilles moyennes et fines

Formez la fleur (1) entre vos doigts avec un peu de laine cardée rose et piquetez avec une aiguille moyenne. Quand la fleur commence à prendre forme, posez-la au centre du ruban et continuez à piqueter avec une aiguille fine pour solidariser les deux matières. Piquez ainsi jusqu'à ce que la fleur soit bien feutrée.

Prenez ensuite 1 brin de Mouliné DMC marron et brodez la fleur au point avant, comme sur le dessin, en laissant quelques fils libres au cœur de la fleur, ainsi qu'une ligne au centre du ruban (2).

Pour terminer, repassez la fleur pour que ses pétales soient bien plats.

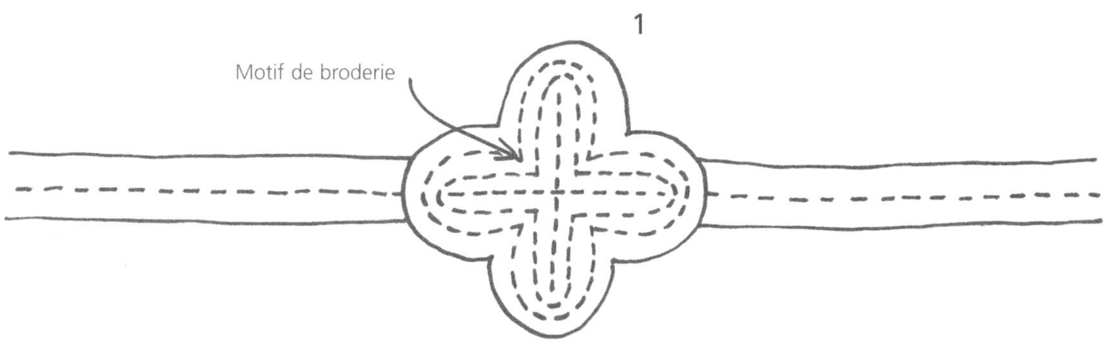

M

Les boules déco

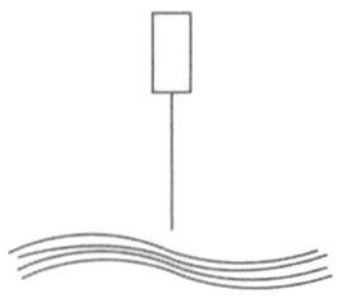

- Laine cardée beige et noire
- Boules en styropore
- Carton fin
- Aiguilles moyennes

Prenez un peu de laine beige ou noire et aplatissez-la entre vos mains pour obtenir une fine couche. Posez la laine sur une boule, et piquetez avec une aiguille moyenne pour la faire rentrer dans la mousse. Recouvrez ainsi entièrement la boule, et faites des boules de différentes couleurs, unies.

Décalquez les lettres de l'alphabet proposé sur du carton fin, agrandissez-les si vous le désirez et évidez-les au cutter pour en faire des pochoirs.

Dessinez-les ensuite à la craie sur les boules choisies et piquetez dessus des mèches de laine en inversant les couleurs.

ABCDEF
GHIJKL
MNOPQR
STUVW
XYZ
01234
56789

Les coussins

- Laine cardée turquoise
- 2 housses de coussin chocolat
- Coussin de mousse
- Carton
- Aiguilles fines

Agrandissez à 500 % les chiffres et les lettres (voir page 41). Décalquez-les sur du carton fin. Évidez-les au cutter pour en faire des pochoirs, puis dessinez vos motifs à la craie sur les coussins.

Posez un coussin de mousse à l'intérieur d'un des coussins et disposez un peu de laine turquoise sur le motif. Piquetez doucement avec une aiguille fine pour intégrer la laine à la trame du tissu du coussin en commençant par les contours, puis remplissez les chiffres.

Pour terminer, repassez à fer doux. Réalisez le deuxième coussin de la même manière.

131
DIX

Le col écharpe

- Laine cardée violette
- Chablon de 3 x 5 cm

Utilisez le patron ci-dessous en l'agrandissant à 185 % pour recréer la forme sur la natte. Veillez à ce que les deux épaisseurs soient bien perpendiculaires lorsque vous superposerez les petites tuiles de laine cardée violette.

Faites une petite fente sur un côté, et positionnez le chablon pour créer la boutonnière.

Mouillez ensuite dans de l'eau chaude, savonnez et feutrez la laine. Enlevez le chablon et laissez sécher.

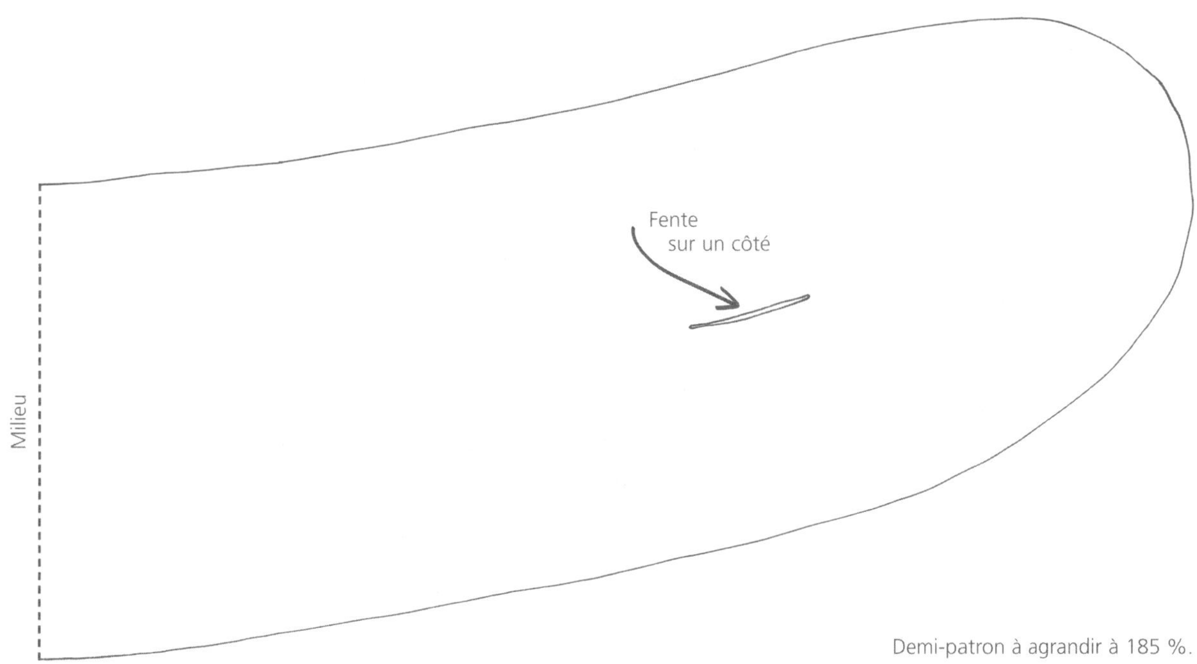

Demi-patron à agrandir à 185 %.

La broche anémone

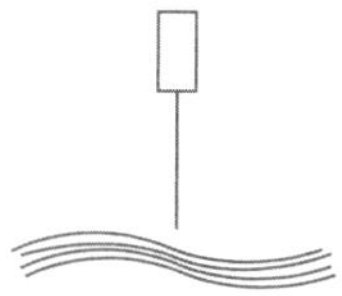

- Laine cardée beige moyen, marron, rose et fuchsia
- Coussin de mousse
- Aiguilles grosses, moyennes et fines
- 1 support de broche

Prenez un peu de laine beige et formez entre vos doigts un premier pétale puis piquetez sur le coussin avec la plus grosse aiguille pour feutrer grossièrement la laine. Ne travaillez pas trop la base du pétale, car c'est à cet endroit que vous relierez plus tard les cinq pétales entre eux pour former le cœur de l'anémone.

Lorsque le pétale est suffisamment travaillé et a de la tenue, vous pouvez lui apporter différentes nuances. Ajoutez du rose vers la base, et cernez de marron tout le tour. Travaillez bien et modelez la forme, en piquetant avec une aiguille moyenne, puis fine, pour donner un relief en forme de coupelle.

Réalisez ainsi cinq pétales, puis assemblez-les en les réunissant à la base et en les piquetant ensemble, jusqu'à ce que votre travail vous paraisse bien solide et ferme.

Ajoutez de la laine au centre de la fleur pour former un cœur rebondi, et terminez en ajoutant un peu de fuchsia au cœur de l'anémone.

Il ne vous reste plus qu'à coudre le support de broche sous la fleur.

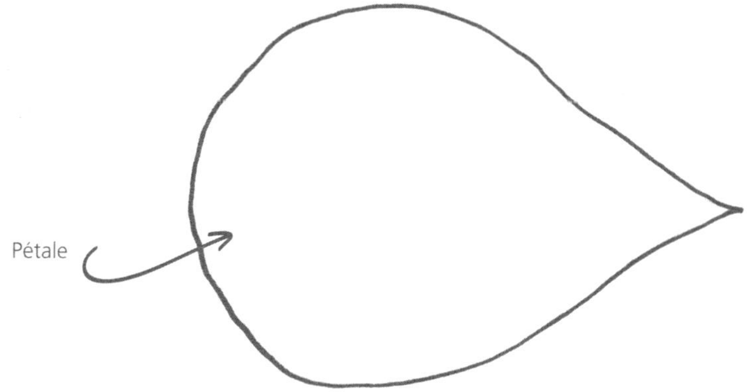

Les branches de printemps

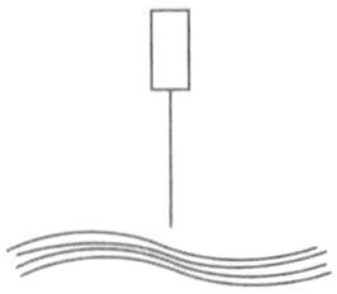

- Laine cardée marron, beige et prune
- Mouliné DMC mauve
- Chutes de lin naturel
- 2 belles branches
- Coussin de mousse
- Aiguilles grosses, moyennes et fines
- Colle universelle

Commencez par les cinq fleurs (1) en vous reportant à la page 52. Prenez de la laine marron, faites une petite coupelle entre vos doigts, et commencez à piqueter sur le coussin de mousse avec une grosse aiguille, puis avec une aiguille moyenne. Coupez ensuite une fleur dans le lin, posez-la au centre du rond et cousez par-dessus une croix avec 2 brins de Mouliné DMC mauve pour maintenir ensemble le feutre et le lin. Avec une aiguille fine, intégrez des petits ronds de laine prune dans les quatre pétales. Fabriquez ainsi cinq fleurs, en inversant les couleurs marron et prune.

Pour réaliser les bourgeons (2), faites une première petite coupelle prune, puis posez dessus un rond de lin, que vous allez faire tenir en piquetant au centre un cercle de laine marron.

Faites également une vingtaine de ronds de tailles diverses, d'une couleur ou bicolores.

Pour terminer, collez les fleurs et les bourgeons sur les branches.

L'écharpe noire aux pastilles anis

Pour les pastilles anis

- Laine cardée anis et verte
- Chutes de tissu liberty
- Coussin de mousse
- Aiguilles grosses, moyennes, fines et ultrafines
- 1 épingles de broche

Fournitue pour l'écharpe

- 3 pelotes de laine noire, pour aiguilles n° 5
- Aiguilles à tricoter n° 5

Commencez par les pastilles simples (1) en vous reportant à la page 52. Prenez un peu de laine anis, et modelez-la fermement dans vos doigts pour obtenir un rond d'environ 5 cm de diamètre. Posez ce rond sur le coussin de mousse, piquetez grossièrement avec la plus grosse aiguille et modelez ensuite avec l'aiguille moyenne afin de créer une forme de coupelle. Faites environ huit pastilles, de différentes tailles. Piquetez une mèche de laine torsadée au centre des plus grandes pour former les pistils.

Réalisez ensuite les pastilles liberty (2). Modelez fermement dans vos doigts un peu de laine anis pour obtenir un rond d'environ 5 cm de diamètre, et feutrez-le brièvement avec l'aiguille moyenne. Posez dessus un cercle de tissu liberty de 3 cm de diamètre, et rabattez les bords de feutre sur le tissu. « Collez » les deux cercles ensemble en feutrant avec l'aiguille ultrafine. Fabriquez quatre pastilles sur ce modèle.

Tricotez l'écharpe. Montez 160 mailles, et travaillez au point mousse sur 40 cm. Tricotez alors les mailles deux par deux pour les réduire de moitié, et continuez droit au point mousse sur 30 cm. Faites de nouveau un rang en prenant les mailles deux par deux, tricotez encore sur 40 cm, puis arrêtez.

Fixez l'épingle de broche sous une pastille solide ; elle servira à fermer l'écharpe. Cousez les autres pastilles sur le bas de l'écharpe, disposées au hasard.

Les branches de printemps

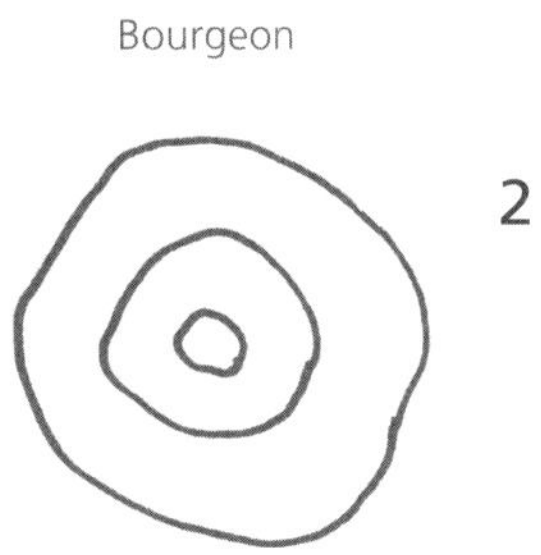

L'écharpe noire aux pastilles anis

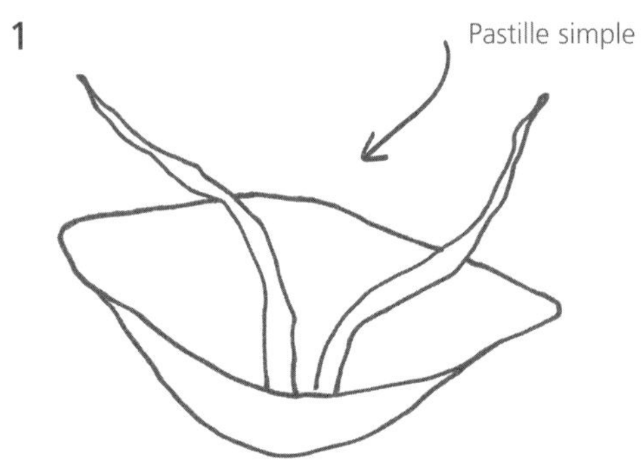

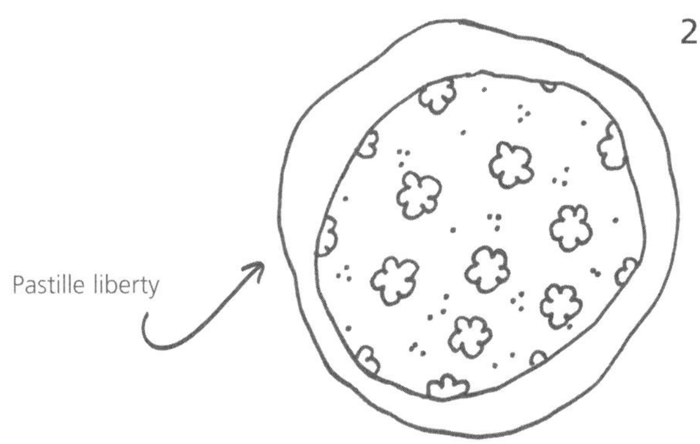

La poupée

Milieu

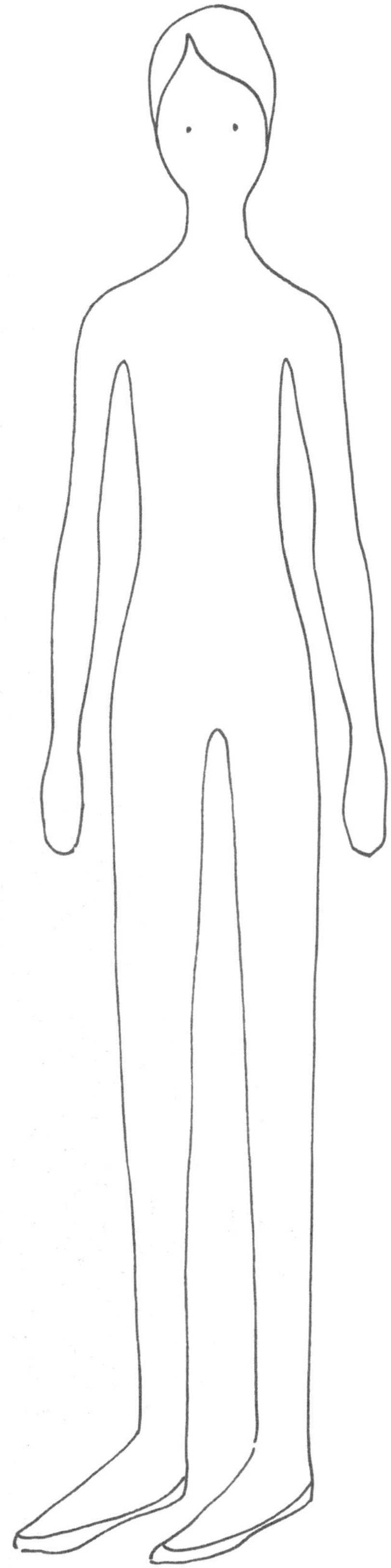

Patrons à agrandir à 110 %.

La poupée

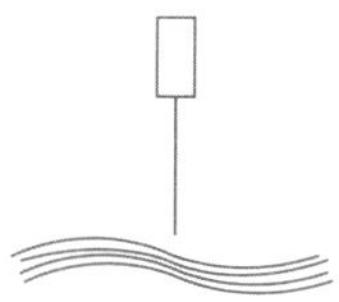

- Laine cardée beige et noire
- Mouliné DMC écru
- Chute de coton écru (1 rectangle de 20 x 8 cm)
- Coussin de mousse
- Aiguilles grosses, moyennes et fines

En suivant le patron de la poupée de la page 53, faites la forme à plat en modelant la laine entre vos doigts. Posez-la sur le coussin de mousse, et commencez à piqueter grossièrement avec une grosse aiguille. Petit à petit, ajoutez de la laine pour former les volumes du corps, des bras, des jambes et de la tête, en piquetant avec une aiguille moyenne. Tout au long du travail, pensez à décoller l'ouvrage du coussin, et à le retourner pour le modeler dans tous les sens.

Lorsque le corps de la poupée est dense et feutré, réalisez les détails.

Prenez un peu de laine noire, façonnez-la en une petite boule et piquetez-la sur la tête avec une aiguille fine à l'emplacement d'un œil. Réalisez le second de la même manière.

Pour faire les cheveux, piquetez des mèches noires sur tout le crâne, et laissez la laine libre, sans la feutrer, sur les côtés.

Faites aussi les ballerines en piquetant des petites mèches de laine noire.

En suivant le patron de la page 53, coupez ensuite la robe dans le coton écru, et cousez les côtés et les épaules au point avant avec 2 brins de Mouliné DMC écru. Dessinez une étoile sur la poitrine, et passez la robe à la poupée.

Le collier fils

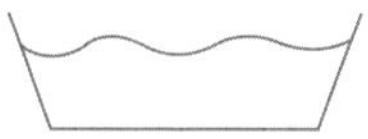

- Laine cardée gris clair
- 5 perles de bois jaune

Pour réaliser un collier, prenez une longue mèche de laine et roulez-la doucement entre vos mains. Plongez-la dans de l'eau chaude, ressortez une partie de la mèche, savonnez-la et frottez-la entre vos mains en commençant à 5 cm de son extrémité.

La laine réagit assez vite, et vous pourrez rapidement continuer ainsi sur toute la longueur. Dans les débuts, enfilez une perle (1), rajoutez un peu de laine par-dessus et frottez pour la solidariser avec la laine. Terminez en laissant 5 cm non travaillés.

Pour fermer le collier, prenez les deux extrémités non feutrées, plongez-les dans de l'eau chaude, savonnez-les bien et frottez-les ensemble. En se feutrant, la laine se collera.

Faites de la même manière quatre autres colliers avec des longueurs différentes entre 70 et 150 cm.

1

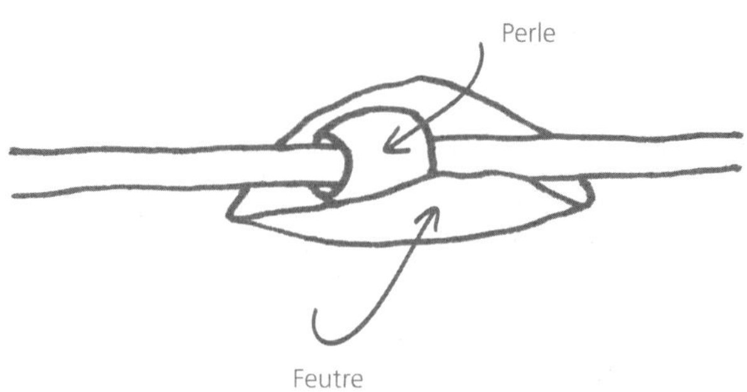

Le grigri

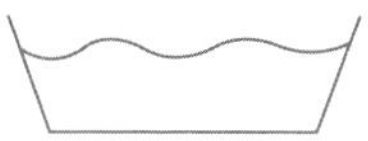

- Laine cardée prune
- Mouliné DMC prune
- Petites perles de verre
- 1 épingle de nourrice

En suivant les explications de la page 18, réalisez trois perles de différentes grosseurs avec la laine cardée prune.

Réalisez ensuite le petit anneau. Prenez une mèche de laine assez fine, roulez-la entre vos mains, et formez l'anneau en fermant le cercle et en serrant fortement avec vos doigts. Plongez-le dans de l'eau chaude, savonnez et frottez entre vos mains jusqu'à ce que la laine feutre. Laissez sécher.

Vous pouvez passer au montage du grigri. Cousez des perles tout autour d'une des boules, avec 2 brins de Mouliné DMC prune, et fixez sur la boule un morceau de 10 cm de Mouliné.

Faites ensuite un gland (1) avec le Mouliné DMC prune et passez le fil du gland au centre de la deuxième boule. À la sortie, enfilez deux perles, et laissez une longueur d'environ 10 cm.

Sur la troisième boule, fixez trois perles en forme de croix et, à la place de la dernière branche de la croix, attachez 10 cm de Mouliné DMC. Fixez également 10 cm de coton à l'anneau.

Nouez maintenant la première breloque sur l'épingle de nourrice, puis recouvrez l'épingle sur 1 cm au point de feston avec 2 brins de Mouliné DMC. Attachez la deuxième breloque, et continuez au point de boutonnière sur 1 cm. Continuez ainsi jusqu'à ce que toutes les breloques soient attachées et en terminant par 1 cm de point de boutonnière.

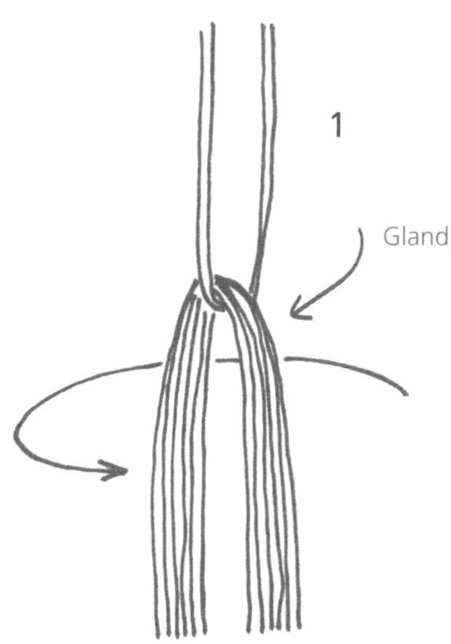

Carnet d'adresses

Laine cardée et matériel de feutrage

Pain d'Épices
29, 31, 33 passage Jouffroy - 75009 Paris
Tél. : 01 47 70 08 68
www.paindepices.fr

Pappo Paulin
47, rue du Caire - 75002 Paris
Tél. : 01 40 26 80 20
lamercerie@pappopaulin.com

Plassard
La Filature - 71800 Varennes-sous-Dun
Tél. : 03 85 28 28 28
www.laines-plassard.com

Fournitures diverses

Loisirs & Création
Liste des boutiques
Tél. : 01 41 80 64 00
www.loisirsetcreation.com

DMC Creative World
Service des consommateurs
5, rue de Suisse - 68314 Illzach Cedex
Tél. : 03 89 31 91 89
www.dmc.com

shopping

Muji
Tél. : 01 41 71 16 56
www.muji.fr

H & M
Tél. : 0 810 222 444 (renseignements)
www.hm.com

Merci à Fred et à Pascale.

Table des matières

Dépôt légal : 75155 - Septembre 2006
ISBN 2501-050-17-7
nuart : 40 9951 1
Edition 01

Mise en pages : les PAOistes
Imprimé en Espagne par Graficas Estella